그녀의 향기

그녀의 향기

이은순 시집

도서출판 **책마루**

자서

먼저
하나님께 감사드립니다.
나이 칠순에도 시집을 낼 수 있다는 건
참으로 기쁘고 감사한 일입니다.
살아오는 동안, 많은 어려움이 있었지만
시를 놓치지 않고 있었기에 꿈을 되찾을 수 있었고
좁은 공간에 갇혀 일을 하면서도
"날마다 소풍가는 여자"가 되어 행복했습니다.
이번에 내놓게 된 세 번째 시집에는
말레이시아 페낭의 이국적인 삶과 풍경
그리고 사랑하는 식구들
특히, 손자 손녀와 실랑이하며
좌충우돌 하는 이야기들이 담겨있습니다.
부족하지만 이 한 편, 한 편의 글들이
저는 물론, 읽는 분들에게도
소통과 힐링의 시간이 되기를 소망 합니다.

2017년 5월에 이은순

목차

1^부

두시 반의 신데렐라

2부

천사의 양말

3부

페낭의 여우비

4부

어머니의 강물

1부

두시 반의 신데렐라

꽃등에 피다

오늘 당신은
꽃으로 피고 있어요

마음으로 밝히는 꽃은
또 다른 마음을 위해
누군가의 가슴에 꽃을 피워요

꽃은
색깔로 향기로 말하고
마음은 눈으로 웃음으로 답하며

끝없는 발길을 따라
가시밭길도 함께 걸어가요

서로의 등불이 되어
변치 않는 귀와 입술이 되어

두시 반의 신데렐라

그녀는 캥거루

회색도시의 작은 섬에 산다
적도의 태양이 시계탑에 걸리면
그녀는 신데렐라가 되어
주머니를 매달고 성문을 향해 달린다

두시 반 종소리에
성문이 열리면
캥거루 주머니엔 웃음으로 볼록해지고

주술에서 깨어난
신데렐라는
바퀴 달린 신발로
신호등 없는 거리를 무한 질주한다

그녀의 향기

언제부터인가
내 마음 속에 멧돼지 한 마리 키웠습니다

뾰족한 감정이 미움으로 커질 때마다
멧돼지는 내 속을 헤집고 다니며
공들여 키운 믿음의 싹을
송두리째 뽑아놓고 말았습니다

그러던 어느 날 사나운 바람 속에서
해바라기 미소를 만났습니다

그녀가 건네주는 따스한 향기에
험악하게 쏟아내던
원망과 미움이 녹아내리고

나도 모르게 스르륵
마음속 빗장이 열렸습니다
해바라기 닮은 창문이 생겼습니다

바다는 색깔로 말을 한다

속을 알 수 없는 바다는
하루에도 몇 번 씩 옷을 갈아입는다

오가며 바다 곁을 지나노라면
에메랄드빛 목소리가 들린다

한순간 여인이 되어
나를 불러 세우고

아기 울음으로 보채다가
쌔근대는 숨소리로 고요하다가
삽시간에 폭풍을 몰고 온다

바람이 그치면
파란 구름조각 몇 개 띄우고
투명한 모래비늘 위를 천천히 걸어간다

관절염과 벚꽃

관절염은
내 오래된 고목을 갉아먹고 산다
친구들과 나선 벚꽃 나들이길
앞차를 막 보낸 방지턱이
삐거덕 거리는 내 다리를 걸더니
무릎과 손바닥에 순간접착제를 묻혔다
얼얼한 손을 털고
네 발로 겨우 일어서 내려다보면
무릎 위의 시들은 꽃잎들
눈으로 서로의 무릎을 쓰다듬었다

나 이렇게 웃어도 되나요

봇물 터지듯
둑이 무너지듯
멈추지 않는 웃음이
홍수를 이루며 퍼져갑니다

웃음소리는
흔들리는 파도를 타고
목젖을 휘돌아

뼛속 깊은 곳까지
내려앉습니다

오늘 나
이렇게 웃어도 되나요
이처럼 행복해도 괜찮나요

애정도 깊으면 병이 되나요

밥을 많이 먹으면
배탈이 나듯이

애정도 깊어지면
배탈이 나는 걸까요

네 살 버릇 여든까지 간다는데
배냇저고리를 벗지 못한 시간은
여전히 젖꼭지만 빨고 있습니다

해마다 나이는 늘어 가는데
어린 시절은 빈 젖꼭지 끝에 묶여있어
얼굴에 주름살만 깊어지니다

때로는 사랑의 회초리를
때로는 걱정의 잔소리를

애정도 깊으면 병이 될 테니까요

날마다 소풍 가는 여자

능금꽃 피는 곳으로 간다
어깨에 세월을 메고
뻐꾸기 울음으로 자리를 펴면
바람이 향기를 풍기며 다가온다
세월의 마디마디에 수액의 링거 꽂히면
애기똥풀의 노란 주머니를 달고
그곳으로 소풍을 간다

오동꽃 피는 곳으로 간다
머리 위 보라색 핀으로 추억을 건져 올리면
민들레 홀씨처럼 하늘을 나는
가슴속 영상들이 하나 둘 피어난다
꽃술 한 잔에 취한 바람이 되어
앞서거니 뒤서거니 설레는 걸음으로
날마다 소풍을 간다

팔색조를 찾아가다

지친 날개를 들어올리며
꿈에 그리던 새를 찾아 떠났다

하늘을 가르고
바다를 건너고
굳은 마음을 가르고

해질녘이 되어 찾아간 그곳
말레이시아 페낭은 팔색조가 되어
이방의 나를 반겨주었다

새의 품에서
옹이처럼 굳어진 아픔을 내려놓자
쟈스민 향기가 조용히 나를 감쌌다

외로운 날은 머리를 자른다

어느 날 긴 머리가 싹둑 잘리고
며칠 후 또 반이 잘려나갔다

그녀의 머리가
뒷목 아래로 내려올 때면
외로움은 더욱 무성해졌다

오늘은 세 번째 머리를 자르는 날
맥박이 느려지고 힘이 빠진다

잘린 머리칼이
검은 눈물이 되어
발밑으로 떨어져 내린다

풍요 속의 빈곤

덜 채운 밥그릇에
된장찌개 김치 하나로 허기를 달래면서도
마음은 늘 부자로 살았다

시대가 바뀌어
밥상 위에 가득한 산해진미
넘치고 흘러도 멈추지 않는 반찬 타령

장롱 속 가득한 옷들은 산소 부족으로 찌들고
신발은 교통체증으로 줄지어 서 있지만
여전히 배가 고프다

새로운 입맛을 찾아 이리저리 채널을 돌리지만
우리를 기다리는 건
풍요 속의 더 큰 빈곤뿐이다

그대와 함께

한나절 하늘을 날아
그대를 처음 만났습니다
뜨거운 눈빛에 홀려
한참을 바라봅니다

새벽이면 닭 울음소리가 나를 깨우고
구름은 머리 위에 화관을 씌웁니다

그대 손에 이끌려온
이곳, 말레이시아 페낭
오래도록 그대와 살고 싶어

쟈스민 무성한 울타리에
내 마음을 걸어봅니다

립스틱

그녀가
한 조각의 립스틱을
입으로 가져갔다

그녀가
한 모금의 립스틱을
눈으로 마셨다

립스틱 속에서
천상의 오로라가 출렁인다

그녀의 휘파람 소리가
달빛에 비친 노을을
꽃분홍 입술로 쪼아 먹고 있다

열 네 살의 실루엣

두 눈을 마주한다
열네 살 소녀의 수줍음

첫 눈처럼
설렘이 번지고

첫 사랑처럼
클래식 음악이 흐르고

가슴에서 콩닥콩닥
퍼져가는 첫 경험의 그리움

수세미와 동정

"수-수세미를 사-사주세요"
"단돈 처-천원입니다"

청년의 어눌한 목소리가
버스 창문을 흔들며 다가왔다

수세미를 권하는 간절한 손이
내 곁에서 멈추는 순간
천원을 주고 내리려는데
"도-동정 싫어요"

청년의 격한 목소리가
순식간에 가슴을 찔렀다

얄팍한 동정이 쩡그렁
산산 조각 나고 말았다

투덜이의 고백

칠순이 꽉 찬 나이에
몸도 마음도 발걸음도
다 뒤처지는데
유독 입에는 기운이 넘쳐
말들이 강물처럼 불어난다
매사마다 주체할 수 없는 투덜거림
까칠한 입술이 되었다가
사나운 멧돼지가 되었다가
병든 닭처럼 축 늘어져 울다가
헤죽헤죽 혼자 웃다가
어느새 또 터져버린 입술

2부

천사와 양말

똑바로 된 밥

찬밥을 받아든
아홉 살 아이가
똑바로 된 밥을 달라고 했다

밥솥에서
갓 지은 따뜻한 밥을 달라고 했다

한참 뒤
아이의 입에 고실한 밥이 걸렸다

대충 끼니를 때우려는 어른의 부끄러움이
아직도 내 안을 표류 중이다

천사의 양말

할미는 소파에 기대었다가
그만 잠이 들었다
새벽녘의 꿈에서 천사를 만났다

대충 누운 소파 위
포근한 쿠션이 그녀를 에워싸고
예쁜 이불이 덮여 있다

페낭의 벌거숭이 발도
고운 양말에 싸여 웃고 있다

숙제를 끝낸 천사가
할미의 곤한 잠이 날아 갈까봐
자신이 아끼는 곰돌이 이불을
기꺼이 덮어주었던 것

그 저녁
공부를 게을리 한다는
할미의 꾸지람과 회초리에도
손녀는 방긋방긋
천사는 천사일 뿐 이다

꼬까 웃음

우리 아가 얼굴에
꼬까 웃음이 걸려있다
콧등에 매달린 초승달이
두 날개를 팔랑이면

꼬까 웃음은 방아깨비처럼
연신 고개를 끄덕인다
볼록렌즈 사이로
할머니 웃음이 커지면

아가의 조막손으로
할머니 소원을 끌어당겨
입속으로 넣는다

제 입 보다 작은 손으로
고추 달린 밭에 터를 판다며
또 한 아름의 웃음을 몰고 나간다

엄마는 늘

엄마는 자식들을 보며
늘 부족함을 느낀다

어린 시절에는
남들처럼 좋은 것 먹이지 못하고
남들만큼 좋은 옷 입히지 못하고

정에 메마른 아이들에겐
단비를 쏟아 붓지 못한
미안함을 떠올린다

방목되듯 스스로를 키운
든든한 자식들을 바라볼 때면

늙은 지금에도 더 해줄 수 없어 슬픈
엄마는 늘 부족함으로 산다

특허 낸 코빡치기

할미가
손녀를 처음 만나는 날은
코빡치기 하는 날

둘이서 코를 마주하고
오른쪽 왼쪽 돌리고 돌려
중앙에 콕콕콕 점을 찍는다

오랜 기다림이 바퀴를 돌린다
오랜 쓸쓸함이 바퀴를 돌린다

기쁨이 콧등에 몰려온다
웃음이 입술 위로 미끄러진다

사다리 타는 신발

신발 디자인에 꽂힌 손자는
새로운 신발을 볼 때마다 손에 넣으려 안달이다

친구의 신발과 바꾸거나 싫증난 것을 팔고
능숙한 가위질로 디자인을 고치며
늘 다른 신발을 고집한다

집안에 가득한 신발들
손자의 눈에 띄어야 외출을 할 수 있다

그러다보니
어떤 신발은 살금살금 사다리를 기어오르고
또 어떤 신발은 이불 속을 파고들며 관심을 끌려한다

바람에 신발장 사다리가 흔들리던 간밤
손자의 손 위에서 또 다른 신상품이 출시되었다

빠이빠이 갈비

소갈비를
맑은 물에 우려내고
끓는 물에 삶아내고

건다시마, 무 마늘, 표고 모두 모아
한바탕 마당놀이로 휘돌고 나오면
아이는
뽀얀 국물에서 건져낸 살찐 갈비를
양손으로
물레방아를 돌리고 돌리며
방아를 찧는다

이래이래 돌리면 동쪽
저래저래 돌리면 서쪽
동서남북 닳도록 돌린 입술로
벌거벗은 갈비에게
빠이빠이를 한다

생일 파티

일전에는
손녀 생일 파티를 하며

피자에 마시멜로 왕새우와 오징어 구이
야채 과일로 큰 상을 차렸다

선물꾸러미를 들고 온 엄마와 아이들은
어림잡아 육십 여명은 되었다

케이크에 촛불을 켜고
수영장이 떠들썩하게 축하 노래를 부르며
시간 가는 줄 몰랐다

파티가 끝난 후 답례로 주는 선물
받아들고 떠나면 일부는 또 남아서
슬립오버를 하며 밤을 보냈다

주말이 멀다고 돌아오는 생일 파티
해마다 받은 손녀의 생일 선물은
다 쓰지도 못하고 귀퉁이에 쌓여간다

보물단지

초록빛 바다에서
잔잔한 해풍에 몸을 싣고
첫울음으로 찾아온 아가야

배냇저고리 넓은 품안에서
앙증맞은 하품이 꼬물꼬물
올챙이 꼬리를 흔드는구나

포대기 속에 꼭꼭 숨어서
쌔근대는 너의 모습이
보석 중에 보석이구나

오늘은 태어난 지 백일 되는 날
포실한 백설기 시루떡에
무병장수의 소망을 얹어
한 땀 한 땀 기도로 꿰매어
너의 백일상에 걸어놓는다

얼굴 없는 베개

어린 티를 막 벗어던진
상고머리 머슴애는
친구하며 놀아주던 뽀로로 베개를
외면하기 시작했다

베개는 주인 곁에서
뒤집힌 자라 등이 되어
오늘도 꼼짝 않는다

겨울밤은 깊어가고
달빛 창가에는
얼굴을 잃어가는 베개의 기다림이
까치발을 키우고 있다

아기와 복주머니

고운 숨결로
오색 비단에 싸여
순풍순풍 날아온 아가야

소중한 너의 주머니 속에서
엄마의 소망, 창공을 나는 구나

너의 얼굴에 밝은 해가 뜨면
엄마는 해바라기 꽃으로 피고
너의 얼굴에 둥근달이 뜨면
엄마는 달맞이꽃으로 핀다

엄마 가슴에서 토실토실 크는 아가야
복주머니 잡으려는 너의 옹알이가
넝쿨손이 되어 기어오른다

효도 마사지

뚜벅이 발가락이
딸의 정성으로 상전 대접을 받는다

거북이 등처럼 뭉치고 흰 발가락을
따스한 손길이 달래고 어루만지고
끝없이 쓸어내린다

놀란 눈이 돌아가고
굳은 마음이 혈을 따라 좌로 우로
송사리 떼처럼 몰려다닌다

오뉴월의 타작마당
도리깨질에 튕겨나가던
콩알 팥알처럼 내 몸속에도
실한 나락들이 쌓인다

하지 팥죽

찜통더위에
붉은 함성이 몰려온다
스테인리스 운동장에서
팥알이 몰려다닌다

달항아리 닮은 그릇 가득
팥죽을 담아놓고 코를 박고 있는
하지 날의 두 모녀

한여름 골대 속으로
수 없이 골을 넣으며
한 판 승부에 들어갔다

토리와 미니

토리와 미니는
우리 집에서 키우는 애완견이다
관심이 필요한 그들이지만
나는 소 닭 보듯 한다
그들도 소 닭 보듯 나를 대한다

시도 때도 없이
짖어대는 녀석들
한심스러운 눈으로 바라본다
그들도 나를 그렇게 바라본다

제 주인을 보면
몸짓으로 좋아라하는 애완견
토리와 미니

나의 까칠한 눈빛은
언제쯤 바뀔 수 있을까

슬립오버의 변

엄마 손에 이끌려온
국제학교 아이들은
슬립오버에 목을 맨다

엄마 친구가 아이 친구를 맺어주고
아이 친구가 엄마 친구를 맺어준다

노는 것도 끼리끼리
자는 것도 끼리끼리

아이는 엄마가 되고
엄마는 아이가 되어
함께 자동차 핸들을 돌린다

이래서 정들고
저래서 정들고

잦은 슬립오버는
약하디 약함으로
정만 키우는 것은 아닐는지

새로운 딸들에게

보석 같은 얼굴에
환한 웃음이 피어난다

어여쁜 너희들을
누가 보내 주었을까

이 소중한 인연을
누가 맺어 주었을까

"며느리는 딸을 낳아서 울 너머로 보냈다가 다시 데려 온
다"
하시던 내 어머니의 말씀이
문득 생각나는 구나

새로운 두 딸
서진아!
희령아!
너희는 정녕 사랑스런 내 딸들이구나

형수와 둘의 사랑이 처음만 같기를

형태와 너의 행복이 늘 변함없기를
오늘도 어미는 믿음으로 두 손을 모은다

3부

페낭의 여우비

망고의 계절

가로수 잎 사이로
열대의 햇살이 쏟아지는
지금은 망고의 계절
새들이 가슴을 열고 노래한다
가로수 길을 달리는 구름도
아이들의 얼굴도
파랗게 샛노랗게 익어간다
망고를 품어온 푸른 시간은
처진 내 눈 꼬리를 들어
나무들 쪽으로 길게 달아맨다

페낭의 여우비

여우비가 온다
눈부시게 좋은 날이나
마음까지 흐린 날에도 온다

하루에도 몇 번
내 속에도 비가 내린다
웃음 속에 내리고
슬픔 속에 내리고

비가 지날 때마다
기다림이 열렸다가 닫힌다

여우비 내리는 날엔
오래된 쓸쓸함이
가슴 밖으로 흘러내린다

닭 울음소리

이곳 페낭에
처음 발을 딛었던 그 밤
잠을 청하는데

창문 너머 건설 현장에서
붉은 수탉의 울음소리가
홰를 치면서 나를 불렀다

새벽마다 정다운 울음소리가
어릴 적 고향으로 나를 데려다 주었다

그러던 어느 날 부터
닭 울음소리가 들리지 않고
닭이 뛰놀던 곳에는
나무들이 제 몸 누일 구덩이를 파고

고층 아파트 환한 불빛에
소리 없는 닭의 울음이 밤새 계속되고 있었다

봉선화

멀리 이스라엘에서 핀 봉선화가
광야를 지나고 수렁을 지나
이곳 페낭으로 날아왔다

시든 잎으로 하품을 하다가
십자가의 아픔으로 곱게 핀
봉선화의 울음소리에 가슴을 열었다

허기진 배를 광야의 메추라기로 달래며
길고 긴 여름철을 다시 꽃피운
어느 선교사의 깊은 울림에
나도 울어버렸다

지금은 꿈속에서
낮달처럼 닳아진 가슴에
진한 꽃물을 들이고 있다

보타닉 가든

굵은 나무뿌리가
칡넝쿨처럼 뒤엉켜 꽃을 피우고

원숭이가 무리지어 사는 곳에는
간이 열차가 방문객을 싣고
느린 걸음으로 간다

꽃들이 나무 마다 숲을 이루고
깊은 산속은 가도 가도 끝이 없다

잎이 무성한 나뭇잎 들이 모여
반가운 손이 되고 우산이 되고
빗방울이 되어 굴러간다

이국의 얼굴들 마다
신선한 바람이 무늬를 새기는
보타닉 가든

새들의 맑은 소리로 길을 걸어간다

야시장과 모닝시장

이른 아침
닭울음소리에
모닝시장이 열린다

싱싱한 야채와 생선이
팔색조의 울음소리에 잠이 깬다

좌판을 촘촘히 이은 곳에는
북적이는 사람들로 가득하고
착한 가격 흥정이 없는
조용한 손님의 주문과 순조로운 계산

야시장과 모닝시장이
교대로 이루어지는 페낭
늦은 밤에도 슬리퍼 소리 끊이지 않는다

적도의 태양이 기승을 부리는 한낮
조용한 동네는 고개 숙인 남자가 되어
에어컨 바람소리만 키운다

자전거 타는 남매

동서양 다 품은
조지타운의 벽화

40여개의 벽화 중에는
자전거를 타는 남매가
신나게 고속페달을 밟고 있고
어린 동생의 겁먹은 얼굴은
많은 이의 시선을 끌고 있다

조화를 이룬 평화의 도시
과거와 현재가 공존하며
느림의 미학을 열어가고 있다

나는 타임머신을 타고
200년 전으로 들어간다
자전거를 개조한 조지타운의 트라이쇼와
인증 샷을 날리는 여행객들

거북이 오른쪽 발 부위를 닮았다는
페낭 섬
동남아 흑진주의 명성은 여전하다

랑카위의 비밀낙원

수십 개의 섬으로 이뤄진 군도에
천혜의 자연을 만나러 간다

페낭에서 비행기로 한 시간 남짓
랑카위 공항에서 다시 자동차로 달려간 해변
숙소 옆에는 고운모래와 탁 트인 바다가 있다
눈앞의 밀림은 팔을 벌려 보이고
벤치마다 놓인 파라솔이 해를 가려준다

정글과 수련의 연못
악어와 물고기가 적과의 동침을 하고 있다
유모차에 실린 손녀는 처음 보는 악어 모습에
발을 구르며 큰소리로 노래를 부른다

새들이 나무와 한 몸을 이루는
이곳은 비밀의 낙원이다

꼬리 잘린 손님

몰래 집에 들어와
화장실 문 앞에서 기웃대던
도마뱀이 놀라 도망치려한다

플라스틱 컵으로 덮치려는 순간
재빠르게 꼬리를 끊으며 위기를 면했지만
컵 안에 갇힌 신세가 되었다

팔딱팔딱 뛰어오르는 꼬리를
도마뱀과 함께 풀어주었다

며칠 뒤 찾아온 반갑지 않은 손님
너와의 동거는 사양한다고 내쫓으려 하자
한 번 손님은 백 년 손님 아니냐며
꼬리 잘린 손님이 외쳤다

고민과 고문 사이

낮은 신분으로
말레이 왕국에 입성했다
왕족이 되려면
이제부터
먹는 것도 우아하게
표정도 우아하게
의복도 몸짓도
머리끝에서 발끝가지
우아하게 가꿔야한다는
계속되는 딸의 잔소리에
웃어야 할지 울어야 할지
고민 아닌 고민은 고문이 되어버렸다

카메룬의 밤

낯선 길
신선한 마력으로
어둠 속을 달린다

가파른 산길에서는
라이트 불빛이 서로의 달이 되고
별이 되고 신선이 된다

밤길에 보는
광활한 녹차 밭도
칸칸의 다리위에서 크는 딸기들도
여행객의 탄성으로 자라난다

야시장의 열대과일들은
갖가지 꽃으로 피고 있다

카메룬의 밤은
알록달록한 원시의 밀림이다

달팽이 사랑

그대를 처음 만났을 때
난 일곱 살 아이가 되었지요
고무신에 검정치마를 들어 올리고 놀던
연못에서의 기억이 떠올랐지요
연잎에 붙은 우렁이를 잡던 그 손으로
벽에 붙은 그대를 떼어 들여다봤어요
커다란 입술과 등껍질
사랑스런 단발머리의 추억이
느릿느릿 눈 속으로 들어왔어요
고향 마을 한 채가 안겨왔어요

아침 사냥 1

이슬방울로 걸어가는
아침 산책길

울타리에 핀 쟈스민
달콤한 유혹이
건물 벽에 닿는 순간

나의 눈은 그물이 되어
매미처럼 달라붙은
왕달팽이를 포위했다

넓적한 주둥이로 벽에 붙은
달팽이를 떼려는 순간

내 손에 전해지는 몸부림이
불안한 착지를 했다
사냥꾼의 미소도 함께 착지를 했다

아침 사냥 2

어제는 왕달팽이 한 마리를
오늘은 여섯 마리를 폰에 넣었다

한 놈은 늘보처럼 길게 누워있고
또 한 놈은 엎드려 숨고
다른 놈은 껍질을 등에 업은 채
입을 벌리고 있다

나는 총 대신 폰을 들고
건물 벽과 바닥에서 잎 뒤에서
사냥감을 주워 담는다
그 곁에는 민달팽이가 누워
집 없는 설움을 달래고 있다

페낭힐에 오르다

말레이시아
페낭힐을 오르기 위해
콤타트 터미널에 도착한다
후니쿨라 케이블을 타고
45도 경사를 오른다
덜컹거리는 소리에
울창한 대나무 숲을 지나
섬의 가장 높은 봉우리에 닿는다
먹이를 달라는 원숭이 떼
페낭 시가지와 아름다운 해변
말라카 해협너머 먼 내륙지방이
한눈에 시원하게 들어온다

고등어 한 손

내 기억의 꼬리표처럼
늘 나를 따라다니던

어릴 적 코흘리개가 아닌
이젠 어엿한 새 신랑이구나

너희는
꼭, 고등어 한 손이 되어라

부부가 똑같으면 부딪히고 나누인다

한 쪽이 더 크면 다른 쪽을 편안하게
보듬어 안아줄 수 있어 참으로 좋다

아들아
언제나 마음이 더 큰 사람이 되어서
네 아내를 생명처럼 지켜 주어라

삶의 변화가 있을 때마다
가정이란 이름으로 수용하며

인내하고 또 인내 하여라

사랑으로 좋은 일도 함께 하고
믿음으로 험한 일도 함께 가고
매사를 같이 하는 한 손의 고등어가 되어라

4부

어머니의 강물

행복한 신발

그 옛날
엄마가 사다주신
예쁜 신발 한 켤레
언니하고 동생하고 학교에 가는 길
언니 신발은 동생 신발 되고
동생 신발은 언니 신발 되고
서로 바꾸어 신으면서
사랑을 나누고 체온을 섞으며
신을수록 행복해지던
오래전의 그 신발

어머니의 강물

강물에 세월이 흘러간다
시간은
강물에서 태어나
강물 안에서 자라고
강물처럼 늙어가고 마침내
강물 위에 눕는다

계절은
흐르고 흘러 강물이 되고
그 강물에 누운 삶도
물길을 따라 간다

방향을 알 수 없었던
내 어머니의 강물은
지금 어디를 지나가는 중일까

콩비지와 노을

씨종자 닮은
백태 한 줌이
친정 엄마의 넓은 손바닥에서
널뛰기로 막내딸에게 건너왔다

눈으로 다독이고 눈꺼풀로 벗겨내고
하얀 속살 가슴까지 드러내며
믹서기 양 날개에 머리 어깨
무릎까지 다 돌아 나오면
달빛 같은 뚝배기 속

눈맛과 손맛으로 어우러진
오감의 맛 한 그릇
저녁 식탁 위 비지찌개 속으로
붉은 노을이 들어온다

준호 김과 여고 동창생

한 달에 한 번씩 만나는
여고동창 회원들은
늘 3학년 2반 교실에서 만난다
나이는 칠순을 바라보지만
마음은 단발머리 여고생이 되어
끝없는 이야기를 쏟아놓는다
장기집권 중인
회장님의 남편 준호 김은
빼놓을 수 없는 멤버다
회원들의 대소사에는 운전기사가 되고
여행지에서는 도우미를 자청하며
간식 담당과 경호담당을 책임진다
우리는 언제나 여고생이고
한 번 회장은 끝까지 회장이며
준호 김은 영원한 우리의 경호대장이다

옷을 굽다

설익은 옷들을
주섬주섬 건조기에 넣고

큐 사인에 맞춰 불을 지피면
예약된 시간들이
옷들을 익히기 시작한다

뜸이 잘든 밥처럼
부드러운 감촉으로 구워진 옷들

소녀의 싱그러운 입맛이 되어
보송보송한 솜털을 털고 나온다

유효기간 없는 사랑

어릴 적
회초리를 든 종아리의 아픔은
부모님의 참된 사랑이었습니다

복받치는 눈물로
가슴을 쓸어내리며
사춘기의 가시를 뽑아주던 어머니

시험 때마다
온몸으로 빌어주던
닳고 닳은 손바닥은
그분의 사랑이었습니다

휜 허리로
손주를 키워주다 얻은
잦은 무릎 통증에도
그분의 사랑은 변함이 없습니다

자식에게 손주에게 다 내어주고
바람 부는 쓸쓸한 거리에서

먼 자식을 바라보던 그 사랑은
유효기간이 없습니다

폭탄 이야기

삶의 한가운데를
조용히 들여다보면
누구에게나 폭탄은 있다

제조법을 알려주지 않아도
폭탄은 쉽게 만들어진다

상처로 만들어지고
아픔으로 만들어진다

방심하는 사이에
크고 작은 온갖 모양의 폭탄이
총과 칼 둔기가 되어 폭발한다

버려도 버려도 자꾸만 생겨나는
내 삶의 폭탄

한 번 터진 폭탄은 돌이킬 수 없이
더 큰 폭탄이 되어 돌아온다

꿀춤

건설 현장의 나른한 오후
소년의 티를 겨우 벗은
고만고만한 얼굴들이 모여 춤을 춘다
이른 아침 트럭에 실려 온 젊음을
현장에 쏟아놓으면
열대의 해를 삼키며
꿀을 찾는 벌처럼 공사장을 누빈다

검게 그을린 피부를 땀으로 코팅하며
서로의 어깨 위에 올라타는 소년들

가느다란 팔다리에 시동이 걸리면
하늘을 향해 튀어오른다
뙤약볕으로 버무려진 몸을
꿀벌처럼 흔들며
쉼 없이 춤을 춘다

행주치마와 갑옷

이른 아침
여인이 갑옷을 입는다
주름이 늘어가는 갑옷은
삶의 의지가 약해질 때마다

든든한 호위 무사가 되어주고
때론 거친 손을 어루만지며
녹록치 않은 고단함을 다독여준다

검게 그을린 세월을 업고
얼룩이 선명해지는 갑옷을 보며
내 어머니 같은 인생을 살고 있는
또 하나의 어머니를 만난다

반찬과 시계방향

시각 장애인의 밥상 위에는
언제나 시계 침이 돌고 있다
밥상 위에 놓인 반찬은
각 방향에서 오는 초침 소리가 맞아주고
그들의 젓가락은 정확한 시간을 체크하며
반찬을 집어 입으로 넣는다
입맛도 꿀맛도 함께 어울려 도는 반찬
식사 시간마다 온몸은 하나의 시계가 된다

중독

현대인은
쉽게 중독자가 된다
일에 중독되고
쇼핑에 중독되고
커피와 마약에 중독되어
자신도 모르게
몸과 마음이
어디론가 끌려 다닌다
남대문 시장 골목
중독김밥 이란 입간판 앞
사람들이 바글거린다
나는 그 무엇에 중독된 것일까

파리 잡는 여자

바닥에 앉은 파리를
종이 뭉치로 때려잡았다

바닥을 치는 소리에
놀러온 아이가 크게 놀란다

하지만 아이는 소리가 아닌
파리의 살생에 놀란 것 이었다

이곳에서는 모기를 제외한 모든 생명은
죽이지 않고 밖으로 내 보낸다는 것이다

그들의 자비심을 생각하며
어린 시절
파리채를 손에 달고 사시던
할아버지의 모습을 떠올렸다

문화란 참 알쏭달쏭한 무지개와 같다

벽돌 나르는 소년

소년은 책 대신 벽돌을 넘긴다
흰 치마를 두르고
굳은살로 계속 벽돌을 나른다

입에서 내뿜는 단내
찌든 호흡으로 닦아낸다

새순을 틔우는 손끝과
벽돌처럼 단단한 구릿빛 얼굴

때 묻은 책장이 해지고 닳아져도
아침이면 공사장 철문을 열고
학교가 아닌 학교로 향하는

그의 꿈은 곧 이뤄질 것이다

튜브와 큰 손

아픈 무릎에
수영이 좋다는 의사의 처방으로
소문난 수영 강사와 치료에 들어갔다

튜브를 손에 들고 물갈퀴를 신고
어릴 적 방죽메기에 두고 온
발장구를 치기 시작했다

얼마나 지났을까
튜브를 놓친 내 몸이
한 쪽으로 기울기 시작했다

절박한 몸부림의 순간
바지를 걷어 올린 아재의 큰 손이
어느새 나를 잡고 있었다

샘물처럼

그대 가슴에
맑은 샘물이 솟아납니다

그대 웃음에
새해 소망이 밝아옵니다

무서운 천둥 번개 속에서도
세찬 비바람 속에서도

그대 웃음은 쓰러지지 않고
아픈 만큼 더욱 빛나고 있습니다

찬란한 그대
푸른 하늘 위로 날개를 펼쳐요

당신의 날개 사이로
아침 해가 떠오르고 있어요

그대는
맑은 샘물입니다
파란 웃음입니다

명품 인생

누구라도
하나쯤 갖고 싶어 하는
명품백이 다는 아닙니다

명품은
비워낼수록 빛나고
나누어줄수록 더 많이 쌓이는
작지만 큰 사랑입니다

말 한 마디로
언 마음을 녹여주고
시린 손을 잡아주며

약한 이를 돌보고
병든 이를 섬기며
고아와 과부를 불쌍히 여기는
주님을 닮아가는 삶이
바로 최고의 명품입니다

이은순 시집

그녀의 향기

발행처 · 도서출판 **책마루**

발행인 · 박영봉

편집고문 · 김가배

편집 · 박혜숙

등록 · 2009년 1월 2일 제389-2009-000001호

2017년 5월 20일 초판 1쇄 발행

공급처 · 가나북스(☎031-408-8811)

주소 422-240 경기도 부천시 소사구 심곡본동 539-9 (3층)

대표전화 070-8774-3777

010-2211-8361

팩스 032-652-7550

http://cafe.daum.net/chaekmaru

E-mail · seepos@hanmail.net

ISBN · 978-89-97515-26-4 (03800)